歌集

はれひめ

足立晶子

砂子屋書房

*目次

装本・倉本　修

歌集　はれひめ

空師

夕焼けて電線の鳥に気づきたり空の濃くなり
一羽の去りぬ

夕焼けの中より雷鳴聞こえくる数へるほどの
雨粒落ちて

ねむの木の幹覆ひゆく蔦はなほ枝先狙ふ　植
物である

樹上三十メートルの仕事場空師（そらし）は欅の匂ひか
人か

塩と酒撒いて巨木へ登る人こころ放ちて空へ
入るらむ

なにゆゑか長く忘れし父の癖ひよつと思へり
夏蜜柑むく

帰り来るもの二つ待つ六月は紫陽花の茎焼い
たりなどして

うす紅い藻塩をふりて冷奴ほたるぶくろに雨
のふる昼

足指を重ねて眠るそこで鳴くほととぎすの待
つ眠りのなかへ

五か月半不在なる人還り来る紫陽花の咲くこの遊星に

青柿

青桐の幹の色なり肌さむい六月のひかりまつ
すぐに差す

鶯と初めてゆき会ふ鳴いてゐる白いお腹(なか)に夕
日のさして

青葡萄青栗青柿真夏日をはじいてゐるよわれ
も弾かる

アンテナの頂きの鴉翼打ちじつとこちらを見てまた翼打つ

だしぬけに蟻動きだすノートの上辛抱長きよみがへりかな

夏至の日のつめたい素足青柿の横を通りて回覧板を

青い実をいつぱいつけた多羅葉の手前にポスト背に郵便局

缶ビールすける袋を持つ男十八時まへ日はまだ高い

赤マルをつけた貼り紙「記憶力維持のガム」とか立ち止まらせる

タオルもて背中ふき拭き前を行く男に従きゆく塩辛トンボ

あれが最後の花だつた七月の栴檀伐られ救急車過ぐ

止まるたび傘が乗り来る雨水が床を濡らして
川西能勢口

伐られたる栴檀大木切株の雨に濡れをりした
たかに降れ

初めての蜩を聞く　六十年会はぬ父より想ひ
のとどく

小豆島

来る船来る船にある島なれば瀬戸内海に三千の島

来る船来る船に一つの島　　尾崎放哉

引き潮に島が繋がる砂利を踏み夕風うけて渡りてゆきぬ

夕空に波打際見ゆうすあをき海に白波寄せてゆくなり

はきはきと岩に張り付くこのみどりアヲサだ
らうか嚙んでみるなり

濡れてゐる堆積岩はたくさんの貝をはさみて
波の音する

小豆島に小豆島ありあり放哉の来さうな浜辺ハマエンドウ咲く

二十時半満ち潮の波ぴちよぴちよと寄せてくるなり足元が動く

浪音のきこえぬほどの南郷庵(みなんごあん)　留守居の媼は
耳が遠い

ここから浪音きこえぬほどの海の青さの　　放哉

「海が少し見える」「丸い月が出た」　放哉の窓
に七月の風

海と雲好みし放哉の八畳間　海は見えずに雲を見てをり

茄子の日々

青枯病防がむとトマトが傘をさすなにかたの
しい青梅雨の日

きみどりのオホムラサキの幼虫は榎の葉を食
ふ音はさみどり

熟したる苗代茱萸（なはしろぐみ）の大枝を切りてくれたり戸
祭さんは

日の下の土竜(もぐら)の死骸大き手に爪をそろへて寝
顔をのせて

バスタオルで顔を拭いてる少年は十薬の花踏
みつけてゐる

銀色に揺れる茅花（つばな）の上を来て夏の匂ひが触つて行つた

野兎の轢かれてゐたり片耳は立ちたるままに
青田の風を

わが汗に従いて来たるか蚊の羽音水引草を切りたる間（ま）なり

飛び跳ねて笊をいやがる豌豆をもういくつ剝く青い匂ひの

一メートルも跳ぶのは斜め右うしろ剝き豌豆
のいくつも溜まる

むらさきの花が白い実にまた濃紫となるまで
の茄子の日々

蟬が鳴かない

熊谷(くまがい)展見て百日草の種子を買ふにぎはしい花
となほ思へども

庭先の蟻潰す鉄幹、ひと日かけ観てゐる守一（もりかず）
蟻が出て来る

紅薔薇の机上に散りぬ散りしまま二日がほど
を触れずにおきぬ

この電球の消え方のよしぐづぐづと弱まりて
ゆきパッと消えたり

住み込みて居ついてもらふ虫たちに　生物農
薬ことばは怖い

傷つきし紋黄揚羽はどうしてる黒き鱗粉手に
残りたり

開かむとはなびらうごく夕顔の呼吸見てをり
十六時前

一輪の夕顔咲きてこの夕べからだしつとりしてゆくことの

ぽーぽぽぽー遠き雉鳩聞いてゐるわれをよぎるも雉鳩である

瞳(め)のまはり金色なりし青葉梟町の神社に見る
らむ今日も

もう稲の傾いてゐる八月の緑あふれる遠く近
くに

知らぬ人と花束を買ひ海辺まで来たり　こ と
んと朝刊が来る

あか色がすきなのだらう初めてのあかとんぼ
飛ぶ郵便車の上

雨音に耳さとくなりはや晩夏高気圧は列島を
見放せり

さう言へば蟬が鳴かないそよりともせずに来
てゐる今年の秋は

窓の灯

コスモスの黄の花粉散る熱っぽいてのひらひら
ひら振りながら行く

一か月分溢れるやうな薬なりわが生きる嵩を
ぶら提げてゆく

二種類のインスリンも入るレジ袋柿の実色づ
く道を帰りぬ

夕暮れの白萩の辺を歩み来て傾ぐからだを立て直しをり

白萩の花びらはらはら零れたりからだを入れた灯りの中に

もののはづみに弾けしやうにてんてんと南京（なんきん）
黄櫨（はぜ）の実空に散らばる

さびしさを眺めてゐたり三十代のわれの居た
町日が差してくる

夕焼けと窓の灯おなじ色となり父のゐて母のゐる家　帰らむ

「その辺に月がをるかも」ほんたうに雲間を抜けてこちらへ来たり

静かの海、豊かの海と焦点を合はせるレンズ
のなかの名月

静かの海を望遠鏡に眺めゐて蟋蟀の声はるか
より来る

赤まんまくつきりと立つ十六夜のひかりの届
くあらくさのなか

口輪にて犬を捕らへる犬狩りの男ゐたりきむ
かしむかしの

飼犬を野犬狩りより放つため母の渡せし包みたるもの

残りゐし柿の実ひとつ今朝は無し「あつ」と小さく言ひて落ちしか

賜物

二十七年余をインスリン注射で生かされている。1型糖尿病である。食事と注射と運動のバランスを事あるごとに言われ、日々の食事、間食（低血糖の時のみ）を食事記録としてノートに書き始めた。二十七年も続いてきたのは日記代わりに出来事を書き加えたり、血糖値に一日のけじめをつけたかったからであり、低血糖の恐ろしさも身に沁みているからだ。

一日三食を食べる前にまず注射、寝る前には翌日分の中間型を打ち、高血糖になれば追加打ちもある。その都度、指先を刺し血糖値を計る。常にブドウ糖、測定器を持ち歩いている。ウオーキングも努力しているが、不安定型で血糖値の高低が激しく、運動後上がったりもする。一喜一憂はしないと分かっていても、そんな時は「何もかもいや」感だけが残り、危険を承知の上で注射を余計に打ったりもする。腕にセンサーをつけたままにし、血を出さずに、リーダーを当てるだけで測定できるものも数年前から体験しているが、二週間使用になり、従来のものに比べると問題もある。

この先もこの道のりを歩いていくのだろう。家族を始め多くの方たちに助けられ現在があること、「生かされている」という感謝はこの病気で得た賜物と思う。

七　竈

暮れかかる小楢(こなら)の根本いつからかポケットに
ある団栗をおく

昨夜(よべ)の夢一昨夜の夢入りまじり神鳴ひとつ地
よりひびきぬ

七竈(ななかまど)まつかになつてしまひたりまだ色づかぬ
約束のあり

里山の上まで竹藪のぼり詰めどの山も竹藪となる日は

かさなりて輪ゴムが二本落ちてゐる予報どほりに雨となりたり

紅葉鯛は桜鯛より旨いと言ふシクラメンの色
くらべゐたれば

ビタミン大根あぢまるみ大根　店頭のはづれ
に青首大根はあり

この寒さ寒冷渦といふらしい拭いてもくもる
わたしの鏡

急くやうに西へ西へと日が動き冬至へ向かふ
日の脚の見ゆ

掘り返す愛犬の墓二十年の湿りのほかに触れるものなし

丹波の冬

下車時刻思ひてまたも目覚めたりどこまで乗り行くわたくしだらう

ブラインド下ろす電車に他人の話聞くとしも
なくいつか聞き入る

行く手にはまろき夕月うすし白しまだ間に合ふ
と歩をゆるめたり

圓光寺、婚家菩提寺

大公孫樹黄に散り敷ける寺庭を行きたる人のゐなくなりたり

向かひ屋根びつしりと霜　光太郎来ると思へり冬の初めは

「きつぱりと冬がきた……」高村光太郎『道程』「冬が来た」

重々とくろむらさきの総(ふさ)たらすタウネズミモチ連雀よ来よ

カメムシかハナムグリかひかりつつ師走の電灯に来てはぶつかる

寝入りばな覚めて眠れぬ　赤黄色の腹ちらと
見し尉鶲（じょうびたき）飛ぶ

ひねもすを中腹に霧かかるなり丹波の冬の深
まりてゆく

天井より猪肉(ししにく)鹿肉吊るしたる窓を霰の打ちてゆきたり

しつかりと冬将軍が仕事するこの冬犬はマフラーをして

向う山にまだ日の残る冬至の日ホトケノザの
花ふたつ咲きをり

発熱のからだを朝湯に沈めゆくサッシの雪の
けむりとなりて

熟柿食ふおとがひまでも濡れさせてふたり黙して味はひてゐる

橋の上

天気図は西高東低うつくしき曲線となる水仙を切る

がまんがまん言つて駆け行く人と犬すいせん
ふつと笑つたやうな

お母さん肥後椿二輪さきました駿河より北摂
へうつりきて

留守電に遺りてゐたる母の声聞くたびわれは
かすみてゆけり

白木蓮咲きはじめたりこの春も一輪いちりん
北に呼ばれて

菜の花はぐんぐん水を吸ひ上げて黄の色となるたのしかるらむ

どちらから来たかわからぬ橋の上もうしばらくは立つて居るべし

「ネコさがしてゐます二十四時間連絡を」ながくながく花粉とぶ町

いくつもの円盤状の夕焼雲色うつりつつ転がりてゆく

川につれ空も流れてゆくらしいダージリンと
いふシャンプーにほふ

天伝ふ

谷ごとのさくらの筋の幾筋もにほひかがよふ
青貝山は

いにしへは海底たりし青貝山いま能勢の地に
さくらを咲かす

さくら見てさくら見てなほ眼裏のまつかな色
は藪椿かな

カーテンの向かうに母がカーテンを引けばあ
ふれるひかり入りくる

さくらさくら天伝ふ日のあふれをり吉野の山
は空とひとつに

山あをく空うすあをし歳月と散る花ともに谷
にゆくなり

廻りつつ散るはなびらにゆく視線ことしの花
は見あげるよりも

さくらさくら咲き散る山は思ひ出の明るさのなか匂ひを歩む

雨にぬる大島桜に寄るこころ若き日にそと近づくやうに

さくら終はりなほ花冷えの朝の指手紙のはじめにつまづいてゐる

もみぢの木うつすらあかく見ゆるなり新葉の間(あひ)に小さな花が

さくらしべのこまやかな紅こぼれくる頃かな
われの負けてゆくのは

梟は留守

遅れたる春に燕は早く来るさつさと空を掃いてゆきたり

昼網の桜鯛なり真ふたつに胴は断たれて尾の
生きてゐる

「昨日からの雲の動きを」予報士を聞きつつ
キヌサヤの筋をひく

曇り日も降る日ものびのび鳴いてゐる町内の
鶯おまへがいちばん

ゆつゆつと煮込みてをれば眠くなる遠くでた
れか呼ぶ声のする

立ち話にコゲラの来たり横縞の翼を見せてコツキツコツキツ

行きは見えず帰りしな見る著莪のはな花首ひとつもらつて行けり

税のための白兎の切手むらさきの地色にきつ
ちり足を揃へて

月光は硝子戸より入（い）り満ちてをり真夜の玄関
は出口となりぬ

伏して見る月の円くてひつそりとそのあたり
よりにほひくるもの

杜鵑はこのあたりの者この朝はすこしとどま
り口籠りをり

会ひに来て見上げる栴檀ほのにほひ素戔嗚神
社の梟は留守

逃げ際もしつかりうねり音立てぬ青大将の刹
那を見たり

ポスカス

咲ききりし薔薇をぐしやりと鷲づかみ快感と
いふもいろいろありて

アレチノギク勢ひのあるこの夏の気候、人の
世なんのいきほひ

出会ふ人出会ふ人老人の町緑ざんざん生ひ茂
るなり

準備のできないうちに来てほしい蜜柑の花のにほひしてをり

青葉梟の風切羽か拾ひ上ぐ夢のなかにも風の吹きゐつ

柄付きのＴシャツ並ぶ列島に洗濯情報を流す
画面は

鼻と耳のきれいなピンク見えてるよ豚満載の
小型トラック

水音に雨まじりくる橋のうへ渡り過ぎても水音雨音

トネリコは風に吹かれる雨に濡るあせにしめれるブラウスを脱ぐ

きみどりの隠元いつぽん落ちてゐる真夜中の
椅子のうしろ右脚

晴れあがるまつさをな空山鳩は短調のリズム
くりかへしをり

青葉梟はポスカスと鳴くと言ひし母口中にポスカスと言ひて聞く

水音

柿田川湧水で知られる三島梅花藻の三島市の生まれである。三島由紀夫のペンネームの由来の地と言われている。富士山の伏流水が湧き出ているというふ地で、水と言えば二人の人が印象的である。

まず太宰治、昭和十五年の『老(アルト)ハイデルベルヒ』に「町中を水量たつぷりの澄んだ小川が、それこそ蜘蛛の巣のやうに縦横無尽に残る隈なく駆けめぐり、清冽の流れの底には水藻が青々と生えて居て、家々の庭先を流れ、縁の下をくぐり、台所の岸をちやぷちやぷ洗ひ流れて、三島の人は台所にすわつたままで清潔なお洗濯が出来るのでした。」と書いている。彼は昭和九年に三島の友人の家に居候をし、『ロマネスク』などを書いて認められた。私の知らない三島がリアルに書かれていて、太宰に親しみがわいた。

平成三十年に逝去した大岡信は三島出身で、詩集『故郷の水へのメッセージ』を上梓している。一節だけを上げるが他にも多くの水を詩にしている。

地表面の七割は水／人体の七割は水／われわれの最も深い感情も思想も／水が感じ　水が考へてゐるにちがひない

もう半世紀以上前、私が白滝公園などで湧水を見た記憶は鮮明にあるが、太宰の文章と、大岡の詩を読んだときは感じ入った。その頃はわが家の庭にも小川が流れていたが今は昔の風景である。故郷の思い出には水音が混じる。

柿の実

だいだい色の円錐形の並び立つメタセコイア
は秋の輪郭

いつしかに柿根性になりてをり年とるもよし
柿があかいよ

この人は死ぬかもしれぬ秋の日の六十年前の
うちあけばなし

柿の実の朱を見てゐるいつよりか舌痛症のま
だ治らない

山茶花のうすくれなゐに来て唸る雀蜂をちか
ぢかと見る

物干しに物干竿をくりつけがんじがらめにする郁子(むべ)の蔓

小さき実をたわわにつけてはなやげる先祖返りの柿の実ならむ

放り投げる反故はづさずに受けくれるごみ箱
の機嫌についてゆく日よ

ヒエログリフ

夕刊の上に郵便その上に朝刊のあり時間が積もる

胸に掌をくみて眠りてゐたる間に過ぎゆきし
日々目覚めてみれば

三草山　雨の森山　歌垣山　ニュータウンを
四十年見つ

樹形よき赤松に夕日さしはじむ雌松（めまつ）であると
胸を張りをり

この町にひと世過ぎむか見下ろせば一本のま
つすぐな路ふとく見ゆ

楓(ふう)の落葉大きく赤い一枚をひらひらさせて歩み来る友

売り物件の看板の横一本の雑草のびる二メートルほど

売り家の白壁に蔦のあかく這ふヒエログリフを残してゆきぬ

友の家は公孫樹並木の吹きだまり豪華と言ひて叱られてゐる

今日散りしもみぢだらうか朱（あけ）色の径を踏みゆく音のあたらし

返り咲くヂゴクノカマノフタ蓋の閉め忘れかな十一月を

舞ひ上がる落葉ふり来てまた上がる渦巻きな
がらやつて来た冬

急いで夢を

日のあたるメタセコイアを見むと来て白雲に
垂れる雪雲に会ふ

仁王像の眼の隙間の巣スズメバチの出入りしてゐる飛び出た目玉

仁王さまの吽形（うんぎやう）像に増築の雀蜂　うーんと堪えてをられる

十二月と気づくはいつも郵便局通帳見る男の
うしろに並ぶ

ほかより良ささうなものどうしても見つけら
れずに林檎を買ひぬ

冠毛のほほほほ白く目立ちゐる枯草原の暮れかかりたり

広島の折鶴再生紙を使ひたる広島菜のしをり捨てずにありぬ

まづ死者数変はりゆく数字数字に慣れてゆく
なり窓開け放ち

立ち話で濃厚接触者になつたとか言葉の力す
ごき年なり

朝方に急いでみたる夢ふたつひとつ目に続くふたつ目をかし

ゆたゆたと辺りかたづけ合間あひま加湿器にまた水足してをり

日々見える崖の上すべてはだか木に取り残される一軒の見ゆ

黒と赤に壁を塗る家なにはともジュリアン・ソレルは住まないだらう

雪雲のかかる遠山黄葉の深まりわれには
日照雨(そばへ)のかかる

二十六回目の春

濃ゆくなる虹　副虹を見てをればふとくらみ
きて雹の降りくる

跳ねかへる三角の雹拾ひ上ぐてのひらにとけ
春の水かな

卓上の水仙つぎつぎ開きゆくいそがしいいそ
がしいと言ふにけらずや

太陽の居場所どんみり見えてをり採血は7c
cと1ccなり

ともかくもインスリンを打ち今日がある二十
六回目の春がきた

死ぬる日はインスリンともさやうならありがたうながくながく生きました

万国旗さげゐし売家売れしかな山茱萸咲きて
しづかな道に

認知症にならぬと聞けば売り切れるスーパー
の活気白梅ふくらむ

その辺りびつしよりにして水飛ばす浅蜊の元
気を食べてしまひぬ

娘(こ)の夢を見たと伝へる「おじやまさま」メールを返すわたしのむすめ

ひらひらのスカートの後ろ歩みしが腰にシャツ巻きたる男なり

嘘ひとつおもひて角を曲がりたり燃える夕焼
け背後に迫る

等圧線の幅のせばまる明日と言ふ山の影伸び
るあの町を思ふ

白蓮

白蓮を読みつつ見れば白木蓮咲きて青空なほ
あをあをと

空想の恋をうたひし白蓮にペンネームをと信綱助言す

武子とは「たあさん」「あささま」と呼び合ひし大正二美人信綱のもと

我のつよき白蓮を許せし伊藤伝右衛門をとこ
気を見せたるか

宗教より夜空の星を見ることを言ひたりゴッ
ホも白蓮も

赤気

定家の見し赤気（せっき）だらうか真夜中の飛行機は行
く夕映え色を

北極に近づくならむ機窓より初めて見たるオーロラはあか

爆発せし超新星も記される『明月記』なり恐るべし

声

フィレンツェで夫と二人道に迷った。イタリア語は全くできず、人通りのない裏通りをアルノ川に出たいと歩いていた。丁度、舗道に出てきた男性に夫が英語で話しかけた。彼の「はい」という返事は本当に嬉しく、ＹｅｓでもＳｉ（スィ）でもなく「はい」の声を美しいとさえ思った。もう三十年もフィレンツェで楽器を作っているとのこと。彼と楽器は実にぴったりとイメージが合っていて、木材の広がっている店を覗いて、こんな生き方もあるとしみじみとした。彼に教えられた道を、須賀敦子の『霧のむこうに住みたい』を想いながらゆったりと歩いた。「職人さんが仕事をしている」「街中が美術館みたいなフィレンツェ」などと書かれ、アルノ川を渡って国立図書館へ通っていたという須賀さんを身近に感じ、気分も軽くなった。

声といえば父の声を思う。十一歳の冬、心臓手術のため上京する父を駅で見送ったのが永別となった。記憶もいろいろあるが、父の声を覚えているのが、何よりの記憶である。父とよく散歩をし、唄いながら歩いたりした。朧月夜を教えてくれたのも父だった。「菜の花畠に入日薄れ……」を聞くと涙ぐんでいたのはいつ頃までだったか。父の死後長いこと唄えなかった。覚えている声は一小節ぐらいだが、やはり身に沁みるものがある。

もう一つ「あきこさん」と呼ばれた声は、一番近しく耳に残っている。呼びかけは歌声よりも皮膚感覚があり、なまの感じがする。夢で呼ばれたり、当時はふとした折に呼ばれたような気がして、辺りを見回したこともよくあった。四十一歳の微笑みを残して逝った父の思い出は尽きないが、声の力を知ったことは大きい。

をかしかなし

ハルジヲン花瓶にさしてうつくしき花と思へ
りこもりゐる日々

茅花の白とほく広がる野に立ちぬきのふの方
より蕪村の来たり

姫女苑春紫苑の違ひまた言ひぬむかしばなし
を繰り返すごと

てのひらを当てくれし母の知らぬ世ぞおでこに向けられる検温器

給付金を手切れ金にする人のゐてをかしかなしと過ぎてゆくなり

生き生きと数字が変はるづかづかと数字かき分けウイルスが通る

狛犬（こまいぬ）もまつしろなマスクをかけてゐる疫神

疫病（えやみ）が新語となりぬ

「もう終はつた」晴れやかに恋を言ふ人の語
尾のつよさが耳に残りぬ

廃線とさくらは似合ふ枕木とすみれは似合ふ
トンネルに入る

トンネルの枕木を踏む暗がりの先にさくらの
咲くとおもへり

眠りの周り

花の名を調べていつか更けてをりキンポウゲ
科の勢ふ五月

とろとろと眠りの周りにゐながらに奥まで行けぬ行つたり来たり

「天上」と広告したるあべのハルカス手中に天を収めたつもり

俯瞰する三〇〇メートル見るほどに地上はや
はりさびしいところ

二上山より仁徳陵まで見はるかす身のおきど
ころ何処と言ふべく

羽化したてのオホムラサキは羽根すこし広げては閉ぢ体液こぼす

放ちたる蝶を銜へる鵯に声を呑みたり立ち尽くしたり

白からず

山ひとつ若葉若葉に浮き上がる村も田畑も沈
みてゐたり

不意に鳴く、離（さか）りつつ鳴く杜鵑とほいところ
のひかりを返す

この年の蕗の薹まだ残りをり庭の地軸はまつ
すぐだらう

明けがたのわれを呼ぶ声ふたたびを呼ばれた
る時こゑに返事を

公園の横手は車のお休み所今日は二台の右側
を歩く

分からぬまま入(はひ)りし道にねむの花呼ばれしやうに迷ひ来たりぬ

溝から溝へ道をよぎりし細き体(たい)あのすばやさは鼬(いたち)であらう

交番の跡はすぐさま草原（くさはら）にがまんしてゐしエ
ノコロそよぐ

除草剤にトネリコ枯らせし人のありさやさや
さやぐを見れば思へり

日曜の学校はとほく声のして白あぢさゐの重
さうに揺る

ふるさとまで行つて戻つて来たやうな目覚め
を未だ引き摺つてをり

残りたる梔子の花まだ白くひとつ気になること白からず

全天はあかね色していにしへに続きてをらむ今日の夕空

いつかしら満月らしきあかみさす月のまはり
は染み出でしあか

かみつゆみはり

ゆったりと曲線を描き青空の鳶とほくなり歩き始める

白詰に赤詰草の混じり咲くこんなところにあの日の野原

ここにゐし狸はどこへ　丸くなり眠りてゐるを見たるが最後

北西の北東さんの家のまへ夏椿さいて何度も
通る

飛行機雲ゆふやけ空に大いなるバツ印書く
今日は何の日

「犬さがしてゐます」のビラ入る「行方不明の人」の貼られゐる町

ふたりして歩める先に落ちてくる凌霄花ぽつんと言へり

パトカー、ゴミ収集車、郵便車連なりて行く
いたくしづかに

乾きゐる時には冷茶ぼんやりとしてゐる時は
ぬるめの白湯を

放ちたるカナブン今朝はなな色に背(せな)ひからせてベランダに死す

四十年夫婦をやめて共に棲む女(め)男(を)のあるなり聞かされてゐる

いちにんを隠して生きる四十年これの世の先
見えゐる人かも

その人の夫のすがた知らねどもいかに生きむ
と青柿見上ぐ

ぼんやりとするなとバッタ跳びつけり昨日は
茶色今日は緑の

咲き初めは梅雨の日なりし夕顔の炎天に遇ひ
息をひそめる

夕顔の咲き継ぐ日々を太りゆくかみつゆみは
りくつきりと見ゆ

靴どろばう

うすいをすい雨水汚水とマンホール並べる道
にまつかなカンナ

子の餌に靴二百足を盗みたるキツネ一面に丹波新聞

靴、スリッパの足の匂ひにつられては盗んでしまふ母狐かな

晩夏まで狐の靴泥つづくらし子の食べまいが
おかまひなしに

蚕豆を二個づつ穴に埋めてゆく競ひ勝ちたる
芽の出づるなり

ひさかたの洗濯日和は蜘蛛日和竿に巣を張る
われもゆづれぬ

お神輿の太鼓とほくを通り行くいつまでも耳
を打ちてゐるなり

質のよい非常食なれば虫を食へ　昆虫食をすすめる男

秋の日の奥まで差してわたくしのジーパンに虹の縞かかりをり

小春日を猿のカップルそこここしづかにゐたりすこし離れて

猿山の失くなりてゆく動物園いちばん好きな場所だつた日よ

靴のひも結び直してお茶の花こんなところに
いくつも開く

紅葉するヱノコログサに日の差してきれいと
また言ふ今日の歩幅で

風鈴の吹かれてゐるよ聞こえない夏ありてま
た聞こえる冬が

保津川

手を出して岩に触れたい保津川の水に触れたい乗り手のひとり

九時から五時まで勤務するらしい猿たちもゐる保津川岸辺

川の面に映るもみぢを押し分けて売り船の来るおでんの匂ひ

紅葉としぶきと熱燗そろひたり保津川下りの
フルコースかな

渡月橋を日暮れに渡る白き波もみぢほの見え
長き橋なり

月夜野（つきよの）よりふじの届きぬ夜露うけ月を仰ぎし
これの林檎は

うつすらと林檎の匂ひのただよへる廊下とな
りぬ霜月終はる

パタゴニア

コンドルの他に動けるものはなしおそろしく
広いパタゴニアの空

日に四度飯を食ふ土地日没は夜の十時を過ぎ
てはじまる

「荒波孤独手当」を出すチリ海軍低気圧の支
配下にあり

飯を食ひもう一枚着て時をりは空を見上げる
パタゴニアの人

タンポポ、レンゲ、菜の花の震へつつ必死に
咲けり南緯五〇度の夏

南緯五〇度

南米大陸の最南端パタゴニアに憧れ、風の岬に立ってみたかった。マゼランが大足の国とか、火の国とか周辺を言い、パタゴニアの地名の由来になったらしい。南極まで船で二日で行けるチリのプンタアレナスに居る。マゼラン海峡に面しており、町は海に向かって坂になっているのでどこからでも海が見える。南半球の十二月であるがとても寒い。夏と言っても一ヶ月足らずしかなく、日没後は白夜というか、青い夜になる。そして風はとんでもなかった。

南極からの風がそのまままともに吹きつけて来る。冷たい風は、風速二、三〇メートルが普通で、六〇メートルも出ると言う。ものすごい音で立っているのがやっと、世界最大の強（狂）風地帯である。海岸沿いに立つまばらな民家は、周りを厚い板でびっしり囲って柵にしている。天気が一日に三〇回ぐらい変わるパタゴニア。十九世紀には政治犯の流刑地だったとか、日本の真裏である。

ブルース・チャトウィンの小説『パタゴニア』には、「地図を詳しく調べ、おもな風向きと死の灰の降下地域を研究した。戦争は北半球で始まるだろうから、私たちは南半球に目を向けた。（中略）地球上でいちばん安全なところとしてパタゴニアを選んだ。」という件がある。そういう考え方もあるのかと烈風の日はこの言葉を思った。

広すぎる、蒼すぎる空の下、時間の経つのがあまりにも遅いと思ったのも初めての体験であった。

はれひめ

桐の実の莢うすく透けポツポツと乾びし黒き
実落ちるばかりに

こども園行き、介護施設行きバスのすれ違ふ
今朝も同じところで

二ミリほどの虫のひかりて乗つて来るスマホ
の並ぶひるの電車に

口づけを鏡にするごと化粧する逢ふ前だらう
駅のトイレに

透明なバッグに財布の見えてゐる太腿のあた
り揺らしつつ行く

電車より河見てをれば跳ねる魚一瞬の一匹た
しかと思ふ

はれひめもはるみ、はるかも蜜柑なり瀬戸の
島より来たる女子たち

顔ぬらし見えぬ時雨は日の方(かた)に糸ひくやうな
雨見せるなり

いつの日か踏みはづすかもこの段をしつかり
と踏む寒椿まで

ふと聞きし金子みすゞの「中の雪」「上の雪」
「下の雪」ひと日流れる

思ひだし笑ひ

軒下に残る一枚かたばみの葉の青く立つ寒に
入りたり

坂の上の雲の真中に穴ひとつあいてゐるなり
穴へ歩めり

梅見むと歩める町に白梅の二本と日の丸かか
げる一軒

隣り合ふ三人相次ぎ逝きたりしこのあたりに
なにか満ちてゐるもの

日の差してまた風花の散りはじむわけのわか
らぬことひとつ増ゆ

わが小紋滅紫（けしむらさき）に染められて娘の立ちてをり母
に見せたし

電子辞書、電話も充電せよと指示わたしも指
示を待つてゐるなり

ぶつつけて待てばキウイは食べ頃に欲しくもないがぶつけたくなる

モンテーニュの言葉引きたる恋文を未だ仕舞ひぬ何かと思へば

思ひだし笑ひの出たり紅色の山茶花ゆれて風のあるらし

鶫

一所けんめいに咲いてゐると山茶花を言ひたる人の今どこにゐる

つままむと伸びたる指は空(くう)を切る一月のひか
り紐となりゐて

冬土を裂きてひかりの差してをり節分草の白
ひつそりと

日陰すき肥料はきらひ荒れし地に咲いてゐる
なり節分草は

夢に会ひしひと街角に立つてをり夢では声を
かけたるわたし

その声は知らぬ人なりいつよりか傘をさしか
けられて歩めり

青空に梅の斜面の沿ふやうな忘れたることあ
のあたりかな

売り土地にしだれ梅咲く三月を捨て犬のごと
家の残りぬ

嘴のオレンジ色を捨てるヒヨ梔子の実はまづ
かつたらう

近づいても音をたてても逃げもせぬわが一部始終を見てゐるヒヨか

鵯になめられてゐるわたくしもまたよしとする春なのだ

遠ざくら

遠ざくら見つつ歩みて丘の上　夕ざくらなり
風の出でくる

木の下に白猫四匹うづくまる桜さく家たれも
ゐなくて

雨霧の山の狭間にひと本のやまざくら咲く湧
き出づるごと

半年後訃報の届き待ちてゐしやうなさくらに包まれてをり

見渡しの山々つなぐ送電線送電鉄塔四本の見ゆ

待ち人を見る椅子にゐて駅前のしだれ桜の雨を見てをり

欠席の返信何枚書きしかな花ふぶきの余りここにも吹きぬ

ホホジロの番(つがひ)まだゐる鳴きはじむ坐り直して
われもまだゐる

あとがき

遠くで鳴いていたカネタタキが家のどこかで鳴くようになった。たまにツクツクボウシなどの蟬声も聞こえる。この夏も風水害が多発し、地球規模で気候変動が起きる状況に、ウイルスと共に慣れていくのは怖い。この先も続いて行くと思うと、秋の訪れを静かに楽しむ感じからは遠くなってしまう。

本書は『ひよんの実』に続く第五歌集である。ここ十年ほどの作品から選んだ。いつの間にか歳を重ね、いま一度と上梓を思ってからは、先ずは客観的に読んでいただくことにした。いろいろな助言をいただいたが、同人誌に書いたようなエッセイを入れた方が、読者が歌に入りやすいのではと提案された。納得したが、かなりの勇気をもってエッセイ四篇を入れた。エッセイを入れることにより構成も変わり、歌数も三百余首となった。
二十七年ほど生活の基にある持病もこれを機に歌にできた。なかなかうたえなかった歌をすでに発表もした。歳を経ることにより、いろいろ自然にできるようになったのはありがたい。歳月は人を自由にしてくれることを身をもって感じている。
歌で得たものは大きく、深く、受容することの豊かさを教えられてきた。私の今とこれからの方向づけとして、タイトルは『はれひめ』とした。柑橘の匂いが好きというほどの楽観的な現在と思っている。

佐佐木幸綱先生をはじめ「心の花」の友人たち、「鱧と水仙」の同人たち、歌を続けてきたことで多くの方たちとの出会いに充たされてきました。出版にあたりましては、砂子屋書房の田村雅之様にお世話になりました。皆様に心より感謝いたしております。

二〇二一年九月

足立晶子

歌集　はれひめ

二〇二一年一二月一〇日初版発行

著　者　足立晶子
兵庫県川西市大和西一―六〇―三（〒六六六―〇一一二）

発行者　田村雅之

発行所　砂子屋書房
東京都千代田区内神田三―四―七（〒一〇一―〇〇四七）
電話　〇三―三二五六―四七〇八　振替　〇〇一三〇―二―九七六三一
URL　http://www.sunagoya.com

組　版　はあどわあく

印　刷　長野印刷商工株式会社

製　本　渋谷文泉閣